그렇게 살았다

박옥임 시집

문학
의식

시인의 말

낙도 섬마을에서 1945년 해방둥이로 태어나
바람에 흔들리는 파도에도 눈물짓고
문풍지 우는 소리에도 흐느꼈습니다

어린소녀가 글을 쓰고 싶게 한
목사님, 학교 선생님
이분들은 이슬만 먹고 사는
천사인 줄 알았습니다
그냥 닮고 싶었습니다
그때 그 소녀는 몸만 커버리고
뒤늦게 세월의 때가 묻은 졸작 몇 편을
부끄러움을 무릅쓰고 세상에 내 놓았습니다
이 시를 읽으시는 분들
목마를 때 생수를 마시듯
순간이나마 행복했으면 합니다

마음의 진심을 다 담았습니다

2019년 4월
박옥임

차례

제2부

제3부

제4부

제5부

해설

제 1 부

어미는 소

골목의 추억

이 고샅길을
수없이 걷고
잔뼈가 자랐다

어릴 적에 뛰어놀던
고샅길인데
옛 모습 그대로인데

내 모습만
이렇게 익어버렸다

그대로인 네가 보기 좋아
난 슬프다

어미는 소

인생의 비포장 길
비알밭 갈며 동행중인 어둑 날
해산의 고통이 시작 되어도
아프다 말 한마디 못하고
시뻘건 허공만 헤매다가
정신 줄을 놓았다

입이 마르고 혀도 말리는
고통의 시간
저승과 이승을 넘나드는
진통 끝에
딸 쌍둥이를 낳았다

인줄도 안 걸고 세간 밑천이라니
뜨거운 눈물만이
냇물인 양 흘러내렸다

해산한 지 하루 만에
밭 갈러 가자는 독한 주인
일의 굴레를 벗지 못한
어미는 소였다

호드기

고향의 봄 노래가
멀리서 들려
발끝을 돌렸다

부서지고 넘어진 상처가
분명 내란이라도 일어난 듯
온통 쑥대밭이 되었다

동료 잃은 서러움
바스락바스락 밤새 울어 대더니
날이 밝아오자 다정하게 웃는다

살아도 노래하고
죽어서도 고향의 봄을 부르는
호드기의 본명 갈대

외딴섬

어촌도 산촌도 아닌
그렇다고 농촌도 아닌
어정쩡한 외딴 섬마을
그 곳에서 뼈와 살이 자랐다

자고나면 해풍에 실려 온
갯비린내에 마을은 젖고
봄이면
백사장 가장자리
곱게 핀 해당화 향기에
내 마음이 젖었다

머리에 핀 소금 꽃
해풍에 날리던 섬

가두리

눈을 뜨면 바다가 아니었다
메마른 입술로 아침이 오고
골목 구석구석
부서진 파도 소리만 반짝이고 있었다

물 밑에 납작 엎드려
숨을 멈춘 가재미눈
쪼개진 불빛에 늘어진 밧줄
삼엄한 경비가 무섭다

사방이 꽉 막힌 가두리에
기계로 만든 뭉게구름 피어오르고
번호대로 호출할 때
나는
탈출의 꿈을 꾼다

세 자매

그때 겨울 어느 날
매서운 칼바람이
나뭇가지 붙들고
윙윙 울던 아침

잘 마른 솔가지 불을 지피고
벌겋게 타오르는 아궁이 앞
옹기종기 둘러앉은 세 자매는
시린 손을 비비며 녹였다

가마솥에 들어앉은 보리쌀은
밥이 되겠다며 화산처럼 부글대고
잉걸불을 헤적여 고구마를 묻고
입가에 묻은 깜지랑 마주보고 웃던
소녀들은
아내로 엄마로 할머니로

태가 곱던 얼굴
세월은 훈장인 듯 그려 있겠지

가락지

굵어진 어머니의 손마디
분결처럼 곱던 손은
기억 속에만 남아 있습니다
굽고 굵어진 상머슴의 손
깜짝 놀라 두 손을 꼭 잡고
죄송합니다 죄송합니다
마음에 새겼습니다

행여나 자식에게도 보이기 싫어
등 뒤로 감추시며
팔십년을 쉬지 않고 부려만 먹었으니
굵어질 만도 하지
조용히 입가에 웃음 지으셨다

딸들이 해준 가락지
손마디가 굵어 낄 수 없다 하시며
꼭꼭 손수건에 싸서
장롱 깊숙이 감추시던 어머님

평생을 고생하신 대가
주머니 없는 옷 한 벌 입고
알 수 없는 곳으로 가신 어머님은
가락지 낄 수도 없이 일을 해도
자식들은 몰랐습니다

푸른 꽃

검푸른 바다가
나의 조부

천방지축
조부의 권력 등에 업고
목에 힘주며 까불었다

하늘 저쪽에서
달려온 매지구름
세찬 매질 태풍에
납작 엎드렸다

다소곳이 누워
햇볕 바람 가르침
시나브로 깨우쳐
천년의 꽃으로 피어났다

물 위에 활짝 피어오르는 윤슬
그보다 더 눈이 부시다

어촌

녹음이 짙은 초여름
잠들지 않을 것 같던
성난 파도가 죽은 듯이
조용하다

파란 물속 해초 밭에
걱정 없이 속삭이는
보랏빛 성게

넘실대는 바다 위
행복도 잠시
아주 잠시 머물다 간 성게

바닷가 모래 밭

촉촉한 모래 속에 왼손을 넣고
두꺼비집 짓던 시절

짭짭한 바람꽃 피던 내 고향
달은 바닷물에 윤슬로 빛나고
파도는 갯바위에 부서진다

붉은 노을
시나브로 사라지고 지난 시절
까마득히 잊었는데

모래밭에 묻어둔 꽃잎 한 장에
곰살맞던 소녀를 다시 만났다

모두가 세월에 밀려 변했는데
봄에 부는 달달한 해풍은
소금꽃에 젖었던 어린 소녀를
잊지 않고 반긴다

해녀의 터전

그 많던 별들은
어디론가 숨어버리고
푸르죽죽한 물결 모래사장엔
시든 메밀꽃만 데구루루 부서져
어수선한 바닷가

허름한 물옷에
금이 간 물안경
오리발 공중으로 버둥거리다
자맥질해 들어가
보물을 찾아보지만
수궁에 남은 건 전복 소라 몇 개
그물망에 담아 와
너울대는 배위에 앉아 갈무리 한다

저승에 가 물질하여
이승의 자식 먹여 살린 해녀 엄마

둥근 밥상

순서도 계급도 없는 둥근 밥상
아버지 어머니 일고여덟 형제자매
둘러 앉아 밥 먹던
둥근 밥상

땀 흘려 일하고
두레 밥상에 둘러 앉아
밥 먹는 식구들

옛것이 그립다

새벽을 달리는 기차

새벽 첫차
석탄 타는 기차
굴뚝으론 까만 연기
뻥 뚫린 철길
어둠을 가르고
서울로 달린다

어둔 밤별처럼
부푼 꿈을 찾아 달리는 기차 곳간에
한 소녀가 타고 있다

석탄 타는 연기는
허공 백지에 꿈을 그리고
내 속 타는 연기
김은 안 나고
까맣게만 탄다

고향 생각

아침이면 먼 바다는
진통으로 펄펄 끓어오르고
눈부신 딸 낳아 하늘에 바치면
잠들어 있던 아이들은
바다로 달린다

갈라진 물
고동 잡고 방게 잡다
장난으로 개흙 뭉쳐 던지고
온몸은 흙투성이
서로 거울 되어 배를 잡고 웃던 그 바다
검푸른 파도 속에 잠든 생명들
보석이고 삶의 젖줄이던 것들
내 눈에는 다 놀이터고 화장품 냄새였다

장난감 하나 없던 낙도
구름 빛, 하늘 냄새 손잡고
해당화 꺾어 모래보석에 꽂아놓으면
갯바위 밑에 묻혀
추억으로 잎이 돋던
고향이 그립다

섣달 그믐날

그날따라
무릎까지 쌓인 도둑눈
해도 별도 없는 하얀 날
어미는 하루 종일 누군가를
서성이며 기다린다

늦은 저녁
수북이 쌓인 숫눈 헤치며
주인 찾는 소리
편지요 소리
깜짝 놀란 어미는
문을 박차고 달려 나간다

집배원 손에 들린
서울서 온 소식지 한 장
아들을 본 듯
울다가 웃는지
웃다가 우는지

굽은 등

봄바람 한 자락이 잠든 흙을 깨웠다

농부는
논두렁 손질해 봄물 대고
숨 쉬는 흙바닥에 볍씨 뿌렸다

벼논에 김매주고
꼴짐 지고 집으로 돌아온 몸에
찌든 땀 향기 가득했다

가을 논둑길
아직도 지게를 벗지 못한 농부
황금 들녘 바라보는 주름진 이마에
주렁주렁 맑은 쌀알이 열려 있다

등은 굽을 대로 굽었어도
그을린 얼굴에 웃음꽃이 활짝 피어 있다

낮 술 취한 듯

겨울잠에서 깨어난 파란 잎사귀 사이로
나비가 돌 듯 아이들은 양팔을 벌리고 달려간다
모처럼 찾은 이 길이 나는 낯설기만 하다

먼 길 오느라 발바닥에 물집 생겼구나
바늘귀에 실을 꿰어 물집을 터주시던 당신
세월에 밀려 꼬부랑허리 눈도 어둡고
귀조차 안 들린다던 어머니

무릎에 손을 짚고 겨우 일어서며 아이가 되어버린
여든의 연세에도 자식걱정 하시던 당신
받은 사랑 그대로 발도 씻어드리고
손톱 발톱 깎아 드리려 했는데
그 약속 지키지 못했다

눈바람 맞으며 당신께서 자주 걷던 이 길을
어머니 가신 그 날의 그림자를 떠 올리면서
내 새끼들과 낮술 취한 듯 비틀거리며 가고 있다

호롱불

가마솥 아궁이
불 붙여 밥 짓던 어머니 일상에
호롱불을 밀어 내고
시골 안방을 차지한 전깃불

낮처럼 밝은 불빛에
목화솜에 붙은 잡티 고르다
첫닭이 우는 줄도 모르고 일했다

밤낮으로 일을 시킨
전깃불보다
호롱불이 더 편하더라
훤히 밝은 저 전깃불 보면
일을 안 할 수가 없어
허리 펼 날 없었다

시를 찾던 날

능선을 오르고
가파른 고개를 지나
하늘이 손에 잡힐 듯한
정상
꼭 닫았던 입을 열고
긴 심호흡을 했다

막힘없이 툭 터진 서해안 바다
크고 작은 푸른 섬
오리 방석 깔고 앉아
수줍은 듯 불그레한 볼
넉넉한 사랑으로 감싸준 저녁놀
맛좋은 시 한수 얻어간 갯마을 소녀

해미

유달산 봉우리에 올라
하늘과 손잡고 강강술래 춤추려고
낮고 낮은 곳에서 그 꿈을 키웠다

저 높은 고지를 향해
기어오르며 능선을 탔다

말없이 찾아든 어둠이
우아하게 전각에 앉아
조용히 눈 마주치며 속삭였다

그믐밤
모든 욕심 다 놓아 버리라고
귀에 대고 사락사락 일러준
조용한 바람

인생의 무대

오곡백과가 풍성한 아침에
생일 축하의 꽃다발을 받으며
어머니 모습이 울컥 떠오릅니다.

저승을 오고 가며 뼈마디가 물러난
아픔도 뒤로 하고
핏덩이 나를 바라보시고
지그시 웃음 지으셨다고 하시던 말씀이
귓전을 맴돕니다

어머니 오늘 얼마나 아팠냐며
고맙다고 꽃 한 송이 못 사드린 부족한 여식
이 기쁨도 꽃다발도 당신께서 받으시고
기뻐해야 하실 어머니는 이제 안 계십니다

저를 낳으시느라 아팠던 기념일마다
빛바랜 당신 사진을 보며
허전한 마음을 달래곤 합니다

바다 건너 고향

저 바다 건너 꿈이 살아 숨 쉬는
내 고향이 있다

햇볕은 짠물과 하나 되어
윤슬을 만들고 있다

핑크빛 종이에 어릴 적 꿈을
곱게 적어 은빛모래 밭에 묻었다

유리창 너머 비 내리는 날
찻잔 속에 있는 나를 보고는
잊었던 핑크빛 종이를 꺼내보았다

바람결에 사르락 사르락
밀려오는 파도는 부서져 흰 꽃을 피웠다

어릴 적 꿈은 파도 따라 멀리멀리 사라지고
은빛 모래밭엔
뒹구는 핑크빛 종이 한 장
저 바다 건너엔
해당화 꽃비만

제 2 부

분꽃을 심었다

춥던 겨울

겨울 추위에 놀라
봄이란 놈은 아프리카로
도망 간줄 알았다

아 — 저놈바라
백매와 홍매 길라잡이
손잡고 제할 일을 놓치지 않고
계절을 알린다

백매 홍매 꽃잎 똑따먹고
향기 속에 활활 놀던
벌들은
꽃잎 속에 묻혀
잠이 든다

봄

능개비 내린 뒤
잠포록한 아침
창 너머 은행나무

밤새 진통으로 울고 웃다가
생살 뚫고 살포시 혀를 내민
아기 잎들
해산의 고통을
겪는 나무들

4월에 핀 꽃

어디로 가는 줄도 알지 못한 채
뽑히고 잘려
낯선 수목원에 뿌리 내리고
외로움 감추고 꽃을 피워 웃고 있는
국제 미화

하얀 꽃잎에 코끝을 대고
빙그레 웃고는
외국인 주인이 붙인 이름
라일락

짧은 운명이기에
더 많은 향기를 전하고 싶은
조급한 꽃

나의 본명 수수꽃다리

임신부 철쭉

건넛마을 공원
둘레길 가장자리

지난 겨울추위에도 철쭉은
혹독한 찬바람
꽃봉오리가 얼기라도 할까
꼭꼭 싸매고 키우더니
따뜻한 봄바람
상고 날이 되어 하얗게 핀
아기철쭉꽃
눈이 부시다

간밤에 무슨 일이

어제 밤에도
분홍빛 우아함 뽐내던 살구꽃이
아침에 나와 보니
봉오리 채 떨어져
땅바닥에 소복하게 뒹굴고 있다

무슨 일일까
간밤에 부부싸움이라도 했는지
알 수 없는 현상이다

아무래도 저것들도
산아제한이라도 하나보다

숲길

숲길을 걷노라니
검푸른 바다가
성큼성큼 따라온다

깊고 잔잔한
저 물속 마을엔
아이들이 자란다

4월의 숲길
바다의 향기 속에
크고 작은 아이들의 꿈이 자란다

현재와 미래를
분노하는 숭어 떼는
수채화 속에서 울어댄다

공원 한켠에

봄 햇빛에 옥잠화들이
고깔모자를 쓰고

흙무덤을 헤치고
뾰족뾰족 고개를 내민다

넌초들 너를 보면
서경은 그냥 가지
나와 함께 가려한다

바람의 향기

비가 오려나,
마파람이 거세게 지나간 뒤
물 향기 바람 향기가
하나 되어 가득하다

촉촉이 내린 봄비에
흙내 품은 햇빛이
허공에 맴돌다 사랑의 싹을 틔운다

상쾌한 하늬바람 냄새에
생명들은
빼족빼족
머리를 내민다

독한 가시 바람
영원히
물러갈 기색이 보이지 않더니
불어오는 봄바람에
드디어
맥없이 뒷걸음친다

민들레

땅 바닥에 납작 엎드려
밟히고 찢긴
고통의 소리 내지 못한
키 작은 죄

말 못한 사연 꼭꼭 감추고
터질 듯이 쌓인 아픔
노랗게 피어 낸
바람결에 퍼지는
서럽고 감미로운 향기

한처럼 하얀 명주실 뽑아내어
흰 고깔 지어 머리에 쓰고는

소소리바람에
바람에 끌려

알 수 없는
낯선 땅 어디론가
바람에 쫓겨 간 민들레
키 작은 아픈 무죄

시누대

자매인지 형제인지
집성촌 이룬
띠앗이 좋아 보인다

너울지는 사나운 바람에
떨며 울고 있는 네가 추워서 어쩐다지

어둔 밤 별빛에도
작은 손 맞잡은 너에게서
사랑하나
배워 간다

자궁 속 꽃잎

혹독한 겨울 추위
견뎌 낸
작은 목련 나무

두루뭉술한 뱃속에서
금방이라도
아기가 활짝 웃으며
나올 것 같은

'자색일까 백색일까'
아침마다 지켜봐도
자궁 문을 꼭 닫고
해산할 기미가 보이지 않더니

잎샘추위가 지난 어느 아침
백의 천사가
자궁 문을 뾰족이 열고
세상 간을 본다

너무 짧은 목숨이 슬퍼
더 아름다운
목련 꽃무리

자스민

낮부터 다소곳이
드레스 입고
수줍게 신랑 기다리며
하얗게 웃는 자스민
결혼식 차비 한창이다

깜깜한 밤
텅 빈 집안 구석구석
새물내 향기 가득 채우고
하얗게 웃는 자스민

분꽃을 심었다

작은 화분에 꽃씨를 심었다

아침에 물을 주고
햇볕 잘 드는 곳으로 옮겨 주며
아기 돌보듯 정을 주었다

씨앗들은 머리에 고깔을 쓰고
흙 밖으로 뾰족이 눈을 떠보며
살짝 웃고 햇볕에 인사한다

탐스러운 떡잎은
햇볕과 바람에 도담도담 자라고
금세 어른이 되어 빨간 노란 꽃이 활짝 웃고
아침 이슬 얼굴에 바르고
소곤소곤
새댁을 깨운다

터알에 분꽃은 시간을 가리킨다

천둥

어제 밤에는 그렇게
비바람이 불어대더니
휴전이라도 하듯 조용하다
무섭고 놀라서 꼭 감았던
눈을 뜨고 보니
팔 다리가 잘리고
허리 꺾여 뽑힌 동료들
여기저기서 슬픈 곡소리가 들린다

새들도 새끼를 잃고 불을 토해내듯
울부짖는 소리에 눈물이 난다

슬프고 아파도
소리 내어 울지도 못하고
복속처럼 멍하니 바라만 보고
구원의 손길만 기다리는
나무들의 수난

치자꽃

눈은 없어도
아플 때는 눈물 흘린다

입이 없어도 말할 줄 알고
목마른 줄도 안다

귀가 없어도
칭찬인지 모욕인지
알아듣는다

7월
치자는
우윳빛으로 소리 없이 피어 웃고
향기에 덩달아 웃는 친구들의
마실

망초꽃

산언덕 비알밭에
백도라지 심었더니

백도라지 싹은 간데없고
무성하게 핀 망초꽃만 날개를 달고
하늘 가까이 나들이 한 여름날의 눈

팔월 초승달

어슴푸레한 눈썹달 아래
가을을 알리는 풀벌레 소리가 구슬픈지
무성한 잎사귀들도
숨을 죽인 채 바라본다

벌레들의 죽음을 아는
잎사귀들은 서로 손을
내밀어 끌어안고 다독인다

눈썹달은
벌레들의 죽음이 서러운지
구름으로 눈을 가린다

가을 가까이

가을이 왔나보다
풀벌레 소리가 구슬프다
생긋 웃는 풀잎에 맺힌 이슬도
찬바람이 싫어 풀잎 뒤로 숨어버렸다

휘영청 밝은 달도 활짝 웃고
귀뚜라미 노래에 맞춰
나뭇잎도 반짝이며 춤을 추고
나는 두 손 모아 소원을 빈 가을

산 그림자

양지 바른 언덕
토담 두른 삼간초가 아래
그리움 같이 드리운
산 그림자

오동나무 정자 밑에
노적봉이 쌓여 있고

모여든 씨암탉들
아침볕을 쪼아 댄다

시 나들이

석양의 끝을 찾아가니
만국기 화려한 글 잔치
낙엽처럼 바람 속에 날리던 시어들은
허공을 맴돌다 귓바퀴에 앉는다

갈고 닦은 재능 아낌없이 전시해도
얻을 것도
잃을 것도 없는
그들의 가을 나들이

시작은 달고 거창한데
그 끝은 소리만 큰 빈 깡통의 여운
석양의 붉은 노을 안고
이야기꽃만 흩날리며 돌아온다

간척지

출렁대던 물은 어디로 몰려가 섞이고
육지의 면적을 넓힌 화성시 벌판
공룡 화석을 보니
그때도 육지였나 보다

중세 시대
공룡과 함께 살던
바퀴벌레 고사리 은행나무
지금도 잘 살고 있는데
바위 밑 공룡은 없고
알을 낳던 흔적만 남아 있다

화성 간척지
갈대만 우거진 벌판은
논밭 산업 단지가 되고
돌이 된 공룡알은
황금알이 되겠지

낮달과 구름

구름아
낮달을 가리지 말거라
낮달이 슬프다
바람아 구름 쫓아버려라
구름 속 낮달이 슬퍼한다

갈대

수렁에 빠져 헤매는 갈대
그가 던져주는 장대를
나는 잡았다

산 아래
맑은 계곡 물에
젖었던 마음
한 자락 바람에 씻어 말리며
살며시 실눈 감고
다디단 생수를 맛보았다

사락사락 하루 종일
왜 우는 줄도 모르고 우는
늪의 갈대

빈들에 초식들

뜨겁게 타 오른 불꽃
단물 찾아 헤맨 수난시대
모두가 고갈에 지친 아우성소리가
허공을 맴돌아 귓전을 울린다

이글대던 한 낮 태양도
새빨간 빛을 토해내다 지쳐
힘을 잃은 해거름

나무 그늘아래 때를 기다리던
매란 놈도 발톱을 감추고 먹기 찾자
비행한 도둑 매들도 갈증에 쓰러진다

칡넝쿨

훤칠한 모습
달콤한 말
부드러운 눈빛으로
나를 호린다

온몸을 간질이며 상냥한 웃음으로
천천히 휘어감아 나에게 꿀을 바르고
파란 우산으로 하늘 가리며 내 물기 뽑아낸다

내가 달콤한 사랑 늪에 빠져 헤매일 때 너는
내 목을 조여 피를 말린다

사기꾼 칡넝쿨에 걸려든 소나무
시나브로 말라간다

새날

새날이 고요히 밝아 오니

새벽 별은 빛나고

앞산 푸른 잎에
구르는 이슬 소리

오늘도 행복하니
내일도 행복할 것이다

제 3 부

묻어둔 아픔

상사화

푸른 산 능선 별빛에
꿈을 키우는데
살짝 눈앞을 스친 인연에
마음을 빼앗겼다.

사랑한다
사랑한다고 하시면서 당신은
한 번도 나를 만나주지 않았지요

당신은 나의 실핏줄까지 보고 계시지만
나는 이제 짝사랑 그만 하려고 하면
살며시 문 고리 당기는 당신

짧은 이승의 여행 끝나기 전에
꼭 한번
당신을 만나야만 합니다.
나의 상사화

시월의 여인

꽃피는 오월보다
곱절로 풍성한 시월

파란
가을 하늘 아래
흰 새털구름 머리에 이고
종종걸음 저 홀로 바쁜
가슴 가득
황금알 끌어안으며
입꼬리 올라가는
시월의 여인

여름내 놀기만 하다
가을을 맞은
먹음직한 홍시 가득 머금은
한량 서방 입이 얄미워
눈꼬리 저절로 올라가는
가을의 여인

그대는 말이 없고

그대는 이곳의 주인인 듯하오
건장 한 옆 녹색의 잎 새들이
이곳에 수호신인 듯하오

그대는 수많은 동족의 아픔과
슬픔을 지켜보며 소리 없이
울지 않았소

잎이 피고 질 때 마다
힘없는 민족의 아픔과
한을 깊이 묻어 두고 겨울
잠을 들었소

힘이 없기에 부모 현제 남편 자식을
잃은 아픔을 겪은 여인들이
이렇게 울고 있소.

길게는 몇 천 년 짧게는 몇 백 년을
묵묵히 지켜 본 수목 그대에게
여인들은 이렇게 묻고 있소

오랜 세월 많은 아픔
당신은 알고 있지요
남편은 일제징용에 잃고
자식은 동족의 총칼에 잃고
이 영혼들을 만나고 싶으오
대체 어디로 가야 만날 수 있소

촌부 村婦

은빛 찬란한 설란 꽃으로
달빛도 별빛도 가리운 밤
설경의 고요에 외려 놀라
구름마저 주눅 들어 발꿈치를 들고 걸어 보지만
흰 눈 덮인 산속 오솔길
다람쥐란 놈 겨울잠을 한 철 먼저 기어이 깨웠다

셀 수도 없이 날아드는
눈 꽃잎 사이사이로 번지는
마음도 닿지 않을 만큼 먼
산 아래 가로등
그 황금 불빛에 놀라
작은 발 뽀드득 재게 놀려
눈에 덮인 여인의 추억
도토리인 양 챙겨 도망가고

눈에 막혀 겨우내 못 만난 너나들이
그리워하다 내아 뱉은 산속 여인 한숨만큼
딱 고만큼 눈은 녹아
꽉 마른 나무 껍질 적신다

인형도둑

할아버지가 나더러
사촌 오빠 인형을 내놔라 한다
나는 안 가져갔다고 해도
믿지 않는다

엄마는
회초리로 나를 때린다
때리면 무서워서 가져갔다고 하고
안 때리면 안 가져갔다고
정직하게 말을 했다

바라보던 할아버지는
말리지도 않고 가버린다

엄마는 나를 안고 울면서
네가 안 가져간 걸 엄마는 알아 하셨다
빨갛게 자국이 난 종아리를 문지르며
나를 안고 종일 울었다

까만 보석

씹다 뱉은 껌 딱지가
이곳저곳에 붙어 멍으로 들었다

언제는 좋다고
오고 가는 사람들
껌 씹는 달디 단 입놀림
단 물 쓴 물 다 뽑아먹고
젊은 향기 시들고 나니
길바닥에 뱉어낸 껌 딱지
버림받은
거리의 여인

나무 밑에 꽃

꽃은 피어도
냄비 밥을 지어 먹고
그렇게 꽃은 피고 눈물 없이
진다

송림 사이로
찬란한 쪽빛이 드리워
맑은 눈을 쏘아대는 네가
너무 고와서 슬프다

향기 짙은 신혼 꽃잎
나 너를 닮아
한 잎 두 잎 떠나보내련다.

대지의 주인

이곳의 주인이 되기까지
햇볕도 산들바람 비구름도
한몫을 해주었다
어리고 가냘픈 시절
벗들이 번개 맞아 불타는 것을 보며
나 또한 불타 뻥 뚫린 몸으로 분노만 했다

이 땅을 지키기 위해 단 한 번도
이사도 하지 않았고
힘 있고 웅장한 지킴이가 되겠다고
두 주먹을 불끈 쥐고 굳게 굳게 다짐했다

오랜 세월 어른 아이들 몸에
총알이 박혀 대지를 적셔도
나는 아무 것도 못 하고 피눈물만 쏟아낸
나약한 몸이었다

한 많은 사람들 수호신이 되자며
팔백 년을 이곳 사성동을 지켜본 늙은 느티나무
사람들은 지난 시간은 다 잊고
내 손발을 잘라 내고 있다

소록도의 슬픔

소록도에선
문둥병 대물림 싫어
여인들 자궁을 들어낸다

생살 찢기는 소리
적막을 타고 고흥 새벽을 깨운다

하늘의 기세 바다의 높은 파도도
숨을 멈추었다

구름 한 자락
바람까지도 멈추게 한 시간

노란 별

슬픔을 그만 멈추세요
우리를 삼켜버린 바다도
예전 그대로이고

고2란 학년도 나이도
영원히 그대로 멈춰
있지요

아버지 어머니

입시 폭력 왕따 없는 곳
스승별 주변에
이렇게 웃는
작은 노란 별들이 되었습니다
이제 그만
슬퍼하지 마세요

창씨개명

잠포록한 아침
싸리비를 들고 마당을 쓸던 할매가
워~리 워리 부른다

꼬리를 흔들며 달려와
이리저리 뛰며 좋아하는 누렁이에게
이것 먹어 가리키는 할매

귀염둥이 손자가 마당 가장자리에
소담하게 피워놓은 호박꽃 한 송이
할매가 먹으란다고
누렁이는 싹싹 먹어치웠다

아기가 갓 싸놓은
그것을 먹은 죄로
창씨개명 당한
그 이름은 똥개

뒷설거지

사회 초년생 때부터
나의 삶은 뒷설거지부터였다
남들이 어질러 놓은 뒤치다꺼리만 해야 하느냐
억지도 부렸다

얘야,
삶은 설거지부터 해야 하지 않니
저 깨끗해진 세상을 보렴

어느 누구도 뒷설거지 않는
사람은 없다는 것을 알고 있지
네 부모도 자식 뒷설거지부터
미화원으로 세상 설거지까지 해도
부끄럽지 않았단다

모든 부패함을
향기롭게 정화시킨
설거지는
세상 어느 빛보다
더 빛나 보인단다

매 맞는 남편

머리카락 휘날린
파도가 들이받는다
천천히 고개를 들어 하늘을 본다
해송이 까르륵 웃고 놀린다

화난 파도 깨진 파편
화살처럼 달려와 후려친 파도

묵묵히 매 맞는 갯바위

바위 섬

검푸른 바다 위에 외롭게 떠 있는
무지개빛깔 바위섬
맑은 날은 하나 흐린 날은 둘
변덕스러운 모습으로
갯마을 사람들을 호린다

흙 한줌 없이 돌로 쌓은 고샅 길
입 없는 얼굴 바위에 우거진 풀섶
함초롬히 맺은 이슬 속마다
한 많은 여인의 얼굴이 하나씩 들어 있다

바람 한 점 없는 갯마을 평화로움
하늘이 시샘하듯 매지구름 동반한 태풍
총알처럼 달려와 바다의 파도와 한바탕 붙더니
휴전한 하늘과 바다
죽은 듯이 조용하다

효도 잔치

맛깔스러운 산해진미가
차려있고 사랑의 꽃이 피어
열매 맺는 봄날의 잔치

다들 힘들다 아우성인데
효심 지극한 젊은 사람들을 보니
아직은 살아볼만한 세상이다

가슴에 콧수건 달던 초등생들이
세월에 쫓겨 부모와 함께 익어간다

제 가정 살피기도
바쁠 때인데 백세를 바라본
녹익은 노인들에게 해마다
효도 잔치 노래와 재롱에
일 년이 즐겁고 다음해가 기다려진다.

효심 많은
목포 동 초등 14회 동창회 회원들

잊을 수 없는 날

그해
삼백 육십 오 일 중 하루도
내일이 없던 때
시간이 흘러도
절대로 잊어서도 잊을 수도 없는
나는 그날이 무섭고 떨린다

삼촌이 죽고 오빠가 죽고
이웃집 아저씨 언니가
굴비 엮듯 엮여 끌려가던 그때가 싫다

피난 갔다 돌아오니
집이 불타고
빈터만 울고 있다

살벌한 남북 전쟁
나는
그날의 피 냄새가
코끝을 후벼내던 때가
무섭고 떨린다

무죄

철창 속으로 파고든 거센 바람
죄목 없는 죄인으로 끌려간 도살장
똥개의 무죄에 목이 멘다

문틈으로 쪽빛 한 점 들지 않은
깜깜한 감옥
서로 다른 종족들이 내일을 모른 채
형을 치루고 있다

기약 없는 수형 생활
고함과 애원은
모두 산울림으로
낯선 냄새로 돌아오고
킁킁대다 트럭에 태워져
떨다가
고요한 체념

죄목도 형량도 모른 채
끌려온 너는 무죄가 아니야
개 같은 XX 라는 온갖 궂은 나쁜 말
다 뒤집어 쓴 바로 그것이 죄목이다

베 짜는 소리

뒷방에 등잔 불 밝히고 베 짜는 엄마
오른 발 밀면 짤각 당겨도 짤각짤각
자장가처럼 들려오는 소리

밤새 베 짜는 소리에
졸린 눈 비비고 멍하니 바라보는 나에게
엄마는
어서 자라고 손짓 한다

날이 밝으면
베 한 필 뚝딱 끊어 놓고
샘물 길러나가는 엄마
동네 아낙들 칭찬이 자자하다

엄마가 짜는 모시 삼베는
혼기가 꽉 찬 언니의 혼수
오늘 밤도 짤각짤각 베틀 우는 소리

묻어둔 아픔

자유 찾아 혈혈단신으로
강을 건넜다
부모 형제 그리움 책갈피 속에
접어두고 밤마다 고향별을 세다
국군의 철모를 쓰고 나라 지키려 나섰다

붉은 피가 냇물인지 시냇물 핏물인지
백마고지 전투
방아쇠도 당길 줄 모른 어린 학도병
이슬처럼 떨어진 꽃봉오리들
엄마 ―부르는 소리가 허공을 맴돌아 내 가슴에 박혔다

쏟아지는 총탄에 쓰러지던 소대장의 외침
우리는 이겨야 해
누가
동족 심장에 총칼을 꽂게 했는지
한 장 두 장 빛바랜 사진 속에 묻어난 그리움
이젠 전설처럼 남겨진 백마고지 전투

수련 꽃

달콤한 미소로
사내를 유혹해
첫날밤을 새웠다

뭇시선이 부끄러워
온통 분홍빛으로
물들었다

하룻밤 풋사랑 지내고
아무리 기다려도 다시는
돌아오지 않는 임 기다리다
망부의 한을 품은 그녀
쓸쓸히
물속으로 사라진 수련 꽃이란 여인

물지게와 양동이

어디든지 땅을 파면 맑은 물이
펑펑 솟아나던 시절에도
유달산 중턱 마을에선 돈 쓰듯 물을 아껴 쓰고
여인들은 새벽잠을 설쳤다

공동 수돗가에
순서대로 줄을 선 양동이
태양의 열이 달아오를 무렵이면
물 배급을 받았다

가뭄이라도 들면
물 전쟁이 일어나고
물장수들은 소달구지에 물을 싣고
살판이 났다

한 통에 오백 원 오백 원 하는 소리에
물 한 통 사서 양철통에 옮겨 부어
물지게에 걸어지고
흔들흔들 계단을 오르던 소녀는
지금도 가끔 꿈속에서 물지게를 진다

침묵의 황솔

솔향기 퍼지던
이 땅별을 빼앗기고
낮에는 너털웃음으로
밤에는
늘 울었다

나는
분하고 아픈 마음을 감추며
왜적 앞에서
당당하게 웃어 주었다

밤낮으로
빼앗긴 별을 찾으려고
차가운 옥중에서
고문을 당하며
혀를 꽉 물었다

오직
하늘에 큰 별이 밝게 뜨기를 바라고
불끈 쥐었던 주먹으로
독립 선언문을
원으로 그렸다

늙은 나룻배
거센 태풍을 맞으며
지금도
손님이 돌아오기를
애타게 기다리며
한용운의 침묵의 날들

쑥부쟁이 꽃

때를 기다리며
최고가 되려고 안간힘 쓰던 나
죽을힘을 다해 몸부림치며
여기저기 터앗을 넓혀 보았다

미소 뒤로 감추어진 발톱에 찍히고
보이지 않는 상대에게 늘 지고 있어
탄식에 젖어 있었다.

눈물 속에 박힌 시간들
멈춤이 아니라
더 향기롭고 나긋나긋한
여인으로
아주 조금씩 익어 가는 것이라고

기다려 주지 않은 세월의 시계가
서글픈 것이 아니라
아름다움의 극치로 귀의하는 것이라고

거울 속에 비친 흑빛 진주가 말해주고 있다

인내의 민들레

보도블록 사이에서
권력에 밟히고 찢겨도
꿈은 늘 화려하다

옥토에 자리 잡은
저들은
키 작고 밟힌다고
늘 빈정거리며 비웃는다

그래
키 작고
밟힌 나를 "어쩌라고"
나에게도 향기로운 봄꽃으로
활짝 웃고 피어날 여인의 봄날이 왔다

새댁의 즐거움

사랑채 대문 밖
여보세요 하는 소리에
오이씨같은 버선발로 뛰어나가
빗장 열고 남편 맞는
재미가 좋았다

지금은 편하고 좋은 시절
전자키 누르고
남편 자식들이
문 열고 들어오니
그 재미도 디지털에게 빼앗기고
나 혼자만 허당이다

제 4 부

시작도 끝도 없다

시작도 끝도 없다

넓은 벌판에
방향을 잃고 서있다
바람의 뒷모습만
멍하니 바라보았다

길라잡이 바람 손잡고
나는
시와 말 걸어 보려고
시가 있는 곳 묻고 물어
찾아왔다

시인님
입으로 피는 꽃
그 꽃 속에 묻힌 노래 찾아
급한 마음으로 달려 왔다

언제쯤
그 꽃에 노래를
부를 수 있을는지
시작도 끝도 보이지 않는다

황복어

윤슬이 반짝이며 노는
내 고향 임진강을 기억한다

저 강 가장자리
내 태를 묻은 저곳을 향해
몇 년의 왕따 온갖 수모 견뎌내며

어머니가 그러하듯
나 또한 가냘픈 몸으로
헤엄을 친다

생명에서 생명을 이으려고
고통을 깨물고
죽을힘을 다한 고통의 시간들

가시 옷을 입었다

산새들의 밥이 되기 싫어
가시 옷을 입고 어른이 되기까지
변장해서 살았다

가을 햇볕에 잘 영근 알몸으로
세상에 선보일 때 활짝 웃고
가시 옷을 벗는다

반들반들한 예쁜 몸매
하얀 알몸으로
차례 상에 오른 생률 밤

항아리

지울 수 없는 빗살무늬 안고
광속에 키 순서대로
보리, 서숙
곡식 한 섬 날름
모자로 가리고 모른 체 앉아 있다

플라스틱 그릇에 밀려
차이고 깨진 사금파리
흙속에 묻혀 뒹굴다
간장 된장 담는
모델로 부활한 빗살무늬
울록불록 다시 숨 쉰다

향일암

파란 바닷가에
동쪽을 바라보고
부처님 집이 앉아 있다

너럭바위에 참선하던
원효대사 기를 받겠다며
사람들은 두 손 모으고
암자를 돌고 돈다.

부처 님 오신 날
가파른 능선으로 엉금엉금 기어오른
낯선 사람들
물밀듯 절집으로 모여
쌈지가 열리고
부처님은 말없이 웃고 있다

임연수어

이름이 무엇인지 내가 누구인지 알지 못 한 채
친구들이 놀려도 왕따 시켜도
왜 그런지 조차 몰랐다
물속 학교에서
이름이 없다며 외계인 보듯 나를 밀어 내면
눈물 콧물 흘리며 먼 곳만 바라보다가 아차
사람들이 쳐놓은 그물망에 걸렸다

눈이 퉁퉁 부은 나를 잡은 어부가
세상에서 처음 보는 물고기를 잡았다고
이곳저곳 들고 다니며
이 아이 이름을 아느냐고 묻다가
애초부터 이름이 없는 나에게
어부는 자기 성과 이름을 붙여
임연수어라고 불러주었다

이름 얻은 기쁨도 잠시
노릇노릇 숯불 위에서 익어간 나는
아침저녁 밥상에서
고마운 이름값을 하고 있다

천사의 섬

파란 바다
작은 섬
서로 다른 색깔을 가진 철새들
먹이 찾아 두리번두리번
감추었던 뻬족한 발톱을 세우고
쫓고 쫓긴다

굶주린 철새들
어부들이 잡아 놓은 먹이를
뺏으려고
주변을 맴돌다 낚아챘다

철새들이 모여 우글거리는 곳에
조류병만 남기고
먹이 찾아 떠난 천사의 섬
텅 빈 헛간 뿐

한옥을 짓는 목수

백 년의 수명을 지닌 금강송을 찾아
숲속을 헤매는데
칠칠하게 자란 소나무가 손짓을 한다.

목수는 심봤다 외치며
마침맞은 나무를 골라 베어 놓고
기둥, 대들보, 서까래
하나씩 이름을 붙여 주고
산언덕 붉은 집터에
울퉁불퉁한 목재를 깎고 다듬어
이리저리 끼어 맞춰 기둥을 세웠다

하얀 광목으로 대들보를 묶어 올리고
정겨운 사람들과 잘 익은 곡주 한잔 나눠 마시며
소탈한 웃음 짓는 목수
새집에 들어 앉아
지워지지 않는 시를 쓴다

간지럼

간지럼 타는 배롱나무에
파란 잎 사이로 빨간 꽃이
가지마다 화들짝 피었다

꽃이 좋아 나무에게 살며시 속삭이며
손을 얹어 살살 만졌다

바람 한 점 없던 나무가
흔들리며 깔깔 웃는다

피부가 얇은 배롱나무

좋은 그릇

둥글고 큰 그릇을 가진 자
돌멩이를 던져도 소리가 나지 않고
따뜻하게 품고

콩 한 알을 던져도
뛰어 오르며 소리 나는 그릇
작은 양은 냄비

두 그릇 좋은 점을 잘 섞어
하나로 만들면
하늘에 우레가 치고 장대비가 내려도
넘치지 않은 큰 그릇에 모아진 빗물
잔잔한 호수로 내려 보낼테고
그렇게 빙그레 웃는 좋은 그릇으로
남고 싶은 나

시는 노래이다

시는 마음을 울린다
시는 마음의 노래이다
시는 마음의 평화를 준다
시는 사람의 인격이다
시는 언어의 꽃이다
시인은 이 꽃향기를 먹고산다

구름에 싸인 씨앗

맑은 공기 속에 떠도는 씨앗 한 알
어느 별 터알에 앉을까

이리 저리 기웃대다가
사랑의 태반에 보금자리 지어
촉촉한 수분으로 싹을 틔었다

세상에 올 적에 모두가 반기고
온몸으로 울었다
작은 손 꼭 쥐고 돌고 돌다
다시 원점으로 길 가려는데

남은 자들 모두 울고 나만 웃는다
사랑의 향기 가득 담아
받은 온갖 사랑 돌려 줄 때
씨앗으로 왔다가 허물 벗어 놓고
웃고 돌아간 생명 씨앗 하나

뚝배기 된장찌개

찬바람 쌩쌩 부는 아침에
디포리 몇 마리 집어넣고
명주조개 감자 몇 쪽 붉은 고추 넣어 주었다

하얀 두부 대파 신랑 신부 입장하니
볼품없는 뚝배기에 사랑의 꽃이 피어오르고
보글보글 꽃봉오리 맺어 오를 때
식탁 한가운데 올려놓는 된장찌개

인생살이 모두가 오래 삭은 된장
뚝배기에서 피어오른 한 송이 꽃이다

너럭바위

늘 산 속에
홀로 앉아 있는
도리방석

화창한 날이면
사람들이 밟고 앉아 쉬어도
입이 없으니
아파도 말도 못하고
견뎌내는 천년 너럭바위는
사람들 굽어보는
백년 거송
부러울 뿐이다

연금

단단한 암반수를
얻기 위해
마르고 지친 몸으로
비가 오나 눈이 내리나
땅을 팠다

어둠이 이불처럼
누리를 덮을 때
그때야 허리를 펴고
손에서 괭이와 삽을 놓았다

땀의 대가로 주어진
품값은
햇볕에 마른 몸
그래도 쓸 만큼만 길어오는
마르지 않는 샘물
연금이 있어 좋다

백신

수로 따라 달려가
가두리 연못에 갇혀
몇날 며칠 인고의 시간을
보냈다

행여나 빗물이라도 섞일까
얇은 유리문 머리에 이고
온몸을 비틀며
소금물은 말라가던 날들

가두리 방에서
넓은 밭으로 옮겨가
나란히 누워 있을 때
하늘 햇볕 바람이 나를 만들어
세상이 상할 것들
예방에 꼭 필요한 백신
천일염으로 세상에 왔다

말짱 도루묵

만삭의 임신부
무거운 몸으로
뒤뚱뒤뚱 산부인과 찾아 가다
차가운 물길
사람들이 쳐놓은 덫에 걸렸다

오늘 하루만 내일까지만 살려 달라는
그 소리를 즐기는 사람들 손에
나는 꼼짝없이 잡혀
냄비 속 발간 이부자리에 누워
보글보글 끓고 있다

밥상 한가운데 차지한 냄비
둘러앉은 식구들
숟가락 전쟁이 일어나고

입속에서 알들은 톡톡 터지는데
밥상에서 일어서면서 너희들은
세상에서 가장 맛없는 말짱 도루묵이라 한다

사랑놀이

깊숙이 땅을 파고 집을 짓는 농게
앞마당에 함초 심어
예쁜 정원을 만들었다

따사한 햇볕에 일광욕하다가
크고 빨간 집게발 높이 들어 암컷을 호려
함초 밭 사이 이리 저리 숨바꼭질
게 눈 감추듯 사랑에 빠졌다

밀물이 갯골 등을 타고 달려들어
개펄 밭을 덮을 때면
못다 한 사랑놀이 아쉬움 남긴 채
둥근 대문 꼭 닫고 집으로 숨는다

아기대추

우주의 한가운데 서있는
여인의 가슴에
조롱조롱 매달린 파란별들
밤하늘 눈 맞추며 까르르 웃는다

달콤한 꿈꾸는
신부 인양
신선한 바람과 뜨거운 사랑놀이

허공을 선회하며
붉은 옷자락 붙잡아
늙는 게 아니라
아주 조금씩 익어가
찬란한 미래의 꿈을 꾸며
달빛에 사랑을 팔며 노래한 아기대추

머리 꼬리 다 잘린 말

언제부터인지
손발이 다 잘린 말이
이 땅에 주인이 되려한다

가마솥 숭늉 같이
구수한 우리말이
절름발이 말 싸라기 말의
기세에 밀려
휘청거린다

바르고 예쁜 우리말
지독한 마마바이러스에서
살려내려
애걸복걸 동분서주한다

어느 시인

가을바람이 사르륵 살갗을 스치고
나뭇잎이 살포시 잠에서 깨어
바스락 바스락 시인의 소리

지는 노을 바라보며
시 한 수 읊고 있는지
바람결 수분처럼
하늘로 솟아 별이 되었나
그도 아니라면
너울대는 물결 수궁으로
잠수 하였나

알 수 없는 곳으로 증발한
집 떠난
한 시인
택수

모래 위에 집

어제도 오늘도
모래밭에
시 종자를 찾는다

집터에 기둥을 세우고
시를 짓고 돌아보니
물 각시 시샘에 다 부서졌다

태어나지도 못하고
보드라운 물 각시 품으로
시 종자는 가버렸다

수놓기

직사각형 노란 화분에
여러 색실로 꽃을
피운다

시들고 약한 꽃은
모질게 파고 솎아 버리고
잎줄기 실한 놈들만
골라 심는다

이리 재고 저리 맞춰
노란 수틀에.
꽃이 피어나면
수만 개의 단어를
고운 색실 삼아
작품을 만든 시인
살며시 웃음 띄운다

시 바다로

꿈을 찾아 숨차게 달리는 계곡 물
바위에 부딪혀 깨져도
아픈 줄도 모르고 바다를 향해 달렸다

거침없는 물줄기라고 자부했더니
저 멀리 바다 소리만 들리는 강 하구에서
커다란 댐에 막혀 버렸다

꼼짝없이 갇혀 시나브로 말라갔다

하늘에서 폭우가 쏟아졌다
댐이 넘쳐서 나는
힘을 얻어 다시 달리기 시작했다

가도 가도
보일 듯 말듯 한 바다
꿈을 향해 계속 달리고 달린다

시인의 꿈을 향해
지금도 달리고 달린다

제 5 부

그렇게 살았다

산골 마을

바람이 한차례 몰려 간 뒤
나뭇잎이 울긋불긋 물들었다

텃밭에 자식처럼 기른 배추 바라보며
겨우살이 걱정인데
이웃에 주부들이 모여든다

시끌벅적 김장 담아
이 집 저 집
정을 가득 담아 나눠 주니
산골 마을
도둑눈 내린 날
싸리문 밖으로 정겨운 웃음소리 새어 나온다

후덕해지고 싶다

호수의 깊은 물은
아닐지라도
늘 온천수였으면
좋겠다

백합처럼 우아하지 않아도
담 밑에 하얀 민들레 같이
소박했으면 좋겠다

귀는 열어두고
입은 닫아걸고
그렇게
석류 알처럼 익어갔으면 좋겠다

혀끝에 독화살

사람들은
입들만 살아 있어

제 허물 감추려고
남의 허물 들쳐 내어
이러쿵 저러쿵
입질한 소리

허공을 맴돌다가

부푼 풍선처럼
원심으로 돌아와
심장에 박힌
입질한 독화살

지옥철

틀에 박힌 상자 속에 빽빽하게
들어앉은 콩나물시루
가방이나 주머니에서 꺼낸 작은 물체
청진기를 귀에 대고

검지로 톡톡 진찰하며
빙그레 웃고 고개만 끄덕이는
승객들

생김새도 목적지도 서로 다른 인파
충무로 정거장에 벌떼 같이 밀려내려
제 갈 곳 찾아 날아간다

어디서 힘겹게 종종대다
어둑살 들자 모여든 사람들
앞뒤 보지 않고 스마트폰에
영혼을 파는 지하철 승객들

유리창

우리 동네 구멍가게
유리창이 깨졌다

어른들은
아이들이 깼다고 하고
아이들은 돌개바람이
깼다고 했다

어른들은
아이들 말을 믿지 않았고
아이들은
말을 믿지 않는 어른들이 싫다

우리 동네 바람에 깨진 유리창

거리에 핀 꽃

살랑살랑 멋 부리고
수줍게 웃고 있을 때 다가오는 사람은 많아도
끝까지 함께 할 그 누구도 없다

하루 이틀 몇날 며칠을 활짝 웃고
이리저리 흔들어 손짓할 때
왕벌 떼 달려와
거래할 뿐 지켜 줄 이 없다

가냘픈 살살이꽃대
바람처럼 지나간 벼슬아치 노리개
밟히고 지쳐 멍이 든 꽃잎

다디단 바람
이루지 못할 언약을 마음에 새겨두고
오지 않을 그 누군가를 기다리는 꽃잎은
이렇게 저물고 있다

새벽시장

무거운 짐 어깨에 메고 뛰고 또 뛰고
잠을 팔아 꿈을 사고 영혼을 묻는
새벽시장 사람들

밤새도록 종종대며
말품 파는 새벽사람들
어둠을 밝힌 형광등 아래
무거운 짐 어깨에 메고
뛰고 또 뛰는 새벽

한 평짜리 점포 안에 삶이 있고
그도 안 되는 매대 위에서
꿈을 키우는 도깨비 시장
잠을 팔아 꿈을 사고 영혼을 묻는
새벽시장 사람들

가을 낙엽 길

따사한 가을 햇볕에 이끌려
거리로 밀려 온 늙은 노숙자
헌 신문지 펴고 몸을 눕힌다

배부르고 햇볕 좋은 곳에
누우면 그만이지 뭘 더 바라냐며
긁힌 얼굴
퉁퉁 부은 발로
중얼댄다

추운 겨울을 어찌 견뎌 낼까
왜 집을 나왔을까
자식이 없을까
절망을 먹고사는 하루살이 삶
한때는 꿈과 야망이 가득 찬
멋진 중년 사내였을 것이다

쌓인 낙엽 바스락 바스락 밟으며
쓸쓸한 가을을
나 혼자 걸었다

낙엽

웃음기 없는 햇빛 사이에
곱게 물든 나뭇잎들
웃고 있으나 떨고 있다

바람이 불어 낙엽 될까 무서워
옷깃을 여민 단풍
울긋불긋 물들기도 어려웠다

낙엽 되어 떨어지는 때는
알 수 없는 순간이더라

계절은 분명 봄인데

바람은 칼날을 숨기고
굶주린 짐승들을 앞세워
쏘아댄 화살처럼 달려온다.

지난밤
수많은 별들이 떨어져
연무로 소복하고
밤새 숲은 울어댔다

노송 잎에 맺힌 이슬을 보니
앞에 나서지 못해
동맥의 피가 거꾸로 솟고
글 속으로 숨었던 내 겉모습이
한스러울 뿐이다

청춘의 나약함이
저 연무 속으로 사라질 내가
심히 부끄럽기만 하다

구정물 속에 피는 꽃

진흙 속에서도
아름답게 몸을 키우고
세상을 감싸 안을 듯
폭이 넓은 치마를 두른 여인
너울진 파도에 몸을 실었다

구정물 마시며 피운
아름다운 꽃
진흙 속에 몸을 키운
하얀 속살에 눈이 부시다

썩은 물속에서도 물들지 않고
삶의 의무를 다 하는
뿌리를 가진 연꽃처럼
구수한 향기고 싶다

그렇게 살았다

대문을
활짝 열고
지킴이도 없이 살다가
대문 밖을 바라보니
누가 올까
문을 닫고는
빗장까지 걸었다

활짝 열고 살았던
문을
이제 닫으려고 한다
열었던 나의 마음
이렇게 열었다 닫는다

내 속에 적들

문을 열면
미동도 없이
컴퓨터가 앉아 있다
안방에 터를 잡은
허접한 물건들을
먹어 치우고
시치미 뚝 떼는 장롱이 있다
말없이 늦은 밤까지 기다려주는
손때 묻은
세월의 흔적 같은
침대가 있다
속내를 드러낸 책장엔
국어사전, 길 없는 길
이런 책들이 시름하고 있다
텔레비전 시끄럽게 떠들어 댄다

테이블 위에는
아픈 데는 어떠냐고
걱정스레 묻는 친구의
전화 한 통,
보고 싶다
단 한 줄 적혀 있는
사랑하는 사람의
편지 한 통,
고마워
옛 이야기 속삭이던
내 친구 엽서 한 장이
먼지처럼 내려 앉아 있다

김씨 아저씨

모주망태
선술집에서 막걸리 한 병 놓고
시끄럽게 떠들며 웃고 있다

정 많은 주인 아주머니
모주망태라도
그를 이해해야 한다고 귓속말 한다

그는 외로우면
선술집에 들러 술을 사놓고 바라만 보다가
어머니 드린다고 순대 일인분 사들고
늘어진 모습으로 걸어간다

술이 넘어가는 길목에
터를 잡고 사는 불청객 식도암
마음씨 고운 선술집 아줌마 성화에
김씨는 씩 웃으며 병원으로 갔다

사하라 사막

뜨거운 햇볕
붉은 모래밭에
밤사이에
잔물결 수를 놓았다

햇볕이 강할수록
그림자도 보이지 않는다

해가 기울자
길게 보인 그림자의 초라함을
잡으려 했다

눈으로 볼 수 있는 그림자를
잡을 수도 만질 수도 없는
그의 괴로움
사막의 해도 기울고
인생의 삶도 기운다

나의 오만함

뒤 돌아 보지 않는
나쁜 습성

삶에 필요한 모든 것은
뭐든지 다 가질 수 있다고
자부심과 오만함이 가득 했다

어느 순간
바람과 함께 세월은
그냥 스쳐 가지 않았다

아주 중요한 것을
이제야 내 것이 아닌 줄 알았다
너무 늦게 걸어온 뒤를 보았다

아낄수록 좋은 것

돈보다 더 중요하게
아껴야 하는 것
힘 안 드는 말이라고
함부로 하는 말

가시 돋친 막 말
큰 상처를 낸
범죄의 씨앗으로 깊이 묻힌다

말, 돈, 시간, 물
가볍게 쏟아내는 습관을 바꾸었더니
향기 가득 업고
어두운 곳으로 달려가 꽃을 피웠다

낙조

마지막 남은 달력 한 장에서
씁쓸한 나의 무덤이 보인다

햇살 따스한 새봄에 아무것도
심지 않았으니
거둘 것도 나눌 것도
없는 텅 빈 밭

창창한
희망을 주던 아침 해가
언제 떴는지 기억도 없는데
어느새 해가 저물어
붉은 노을 아래
텅 빈 허전함

목화솜

이십대에 꽃을 피우고
중년이 되어 열매 맺어
노년에는 잘 익은 하얀 미영으로
넓은 들에 피었다

겨울밤 여인들의 손끝에서
하얀 실꾸리가 되어
찰칵찰칵 베틀에 매를 맞고
우아한 옷감으로 다시 태어났다

땅 별 아무리 추운 곳에서도
가장 따뜻한 목화솜 나는

바탕 화면

사진첩을 뒤적이다
빛바랜 사진 한 장에서
수국처럼 웃고 있는 한 소녀를 보았다

곱던 얼굴을 만지며 잠시
꿈을 꾸듯 행복에 젖어
얼른 거울을 보았다

거울에 비친 얼굴
굵은 주름 사이에 흑진주가
군데군데 박혀있고
머리엔 상고대가 피었다

깜짝 놀라 눈물이 핑 돌았지만
거울에 비쳐진
바탕 화면에 활짝 피어 있는
값진 흑진주 꽃에 나는 웃고 있어도
마음은 쓰리다

불만족

해는 기울고 거리를 활보하는 사람들
뭐가 저리 바쁜지 종종 걸음
까만 소나기구름에 허둥대다
장대비 속으로 뛰어 사라진다.

비 맞은 수탉처럼
뒤뚱뒤뚱 가다보니 창피해서
석류나무에 기대고 서있었다

사람들이 달리는 것을
나는 바라만 볼뿐
한 발 짝도 뛸 수 없는
벌레 먹은 석류 한 송이

이제부터 시작이다

어른 아이 모두 나와
이름 모를 잡초까지
광복의 기쁨 아우성치는 날
나는 세상에 왔지요

선물로 받아 온 숙제들
하나하나 풀다 보니 어느새
칠십 나이테를 받았군요

가을 석류 알처럼 잘 영근
열매들이 모여 칠순을 차려 준다고
떠들썩한데
이제부터 시작되는 나만의 시간
참으로 삶이란 감칠맛 나네요

석류나무 다섯 자매

잎은 무성하지 않아도
알차게 익은 다섯 알의 열매

셋째는 남편건강 때문에
늘 노심초사하나
시를 지을 소재도 많을 것이다
다섯째는 힘센 불도저처럼
세상에 무서운 것 없이
시든 소설이든 과감하게 써나간다

조용한 넷째
묵묵히 이야기를 잘 들어주고
바다위에 화선지 펴고
하늘을 그리려 붓을 잡았다
시를 잘 짓는 첫째
감성이 풍부해
그 시만큼 곱게 맛이 들었다

빛깔은 같은데
맛은 열매마다 다르게 익어가는
석류나무 다섯 자매들

산 위에 하늘이 앉았다

저 산에 오르면
파란 하늘을 가질 수 있다고
엄마를 졸라댔다

저 바다 끝에 가면
붉은 노을 잡겠다고
아빠를 졸랐다

파란 하늘도
붉은 노을도
다
내가 가지고 살아 온 것을
이제야 알았다

새벽을 여는 불빛

열네 살 소년
아르바이트 가는 새벽길
쌀쌀한 공기를 가르며 달리다가
찬바람에 뒹구는 낙엽들
밟히고 찢겨지는 아픈 소리에
걸음을 멈춘다

널브러져 뒹구는
낙엽들이
생명줄인지 동아줄인지
한 노숙인이
질기게 누워 있다

새벽 자동차 불빛은
반딧불이처럼
차갑게 젖은 아스팔트 위를 부유하고
열네 살 소년은
태어나서 처음으로
세상을 본다

석류

가을 햇빛에
알알이 익어가는 석류 빛이
너무 눈부시어 탐이 난들 뭣 하려

내 것인 양 가지고 싶은 마음
꿀맛 같으나 모습이 너무
고귀해서 가질 수가 없네그려

탐이 난들 뭣 하리 거송 위에
앉은 천년의 학인 것을
가진 후에도 저토록 눈부실는지

집 뜰 안에 거송도 백년초도
열심히 가꾸었는데 돌아보니
내 것이 아니구려

가을 햇볕에 알알이 잘 영근 석류나무에
한 마리 천년의 학을 품어 간들 뭣 하리요
내 것이 아닌 것을
내 것이 아닌 것을

꽃이 진 뒤

살구꽃 진 뒷모습이 왜 그리 흉한지
보란듯이 철쭉꽃 뒤를 이어
연분홍색 자랑하듯 활짝 웃고 핀다
시샘하듯 자목련도 피고
보랏빛 리랏꽃도 향기를 앞세운다

아름다운 꽃잎 그대로 있을 것이지
지는 모습 그대로 날 닮아가니
그래서 슬프지 않겠니

꽃아 나를 따라 닮지 말고
고운 모습 오래오래 간직하길
그냥
슬프지 않길

시작과 끝

시작이 있으면 끝이 있듯이
꽃도 피면 질 때가 있고

백 살 이라니
저 꽃처럼 지고 가는 날이 오겠지만
한 번도 가보지 않은 곳이라서
거기가 어딘지 알 수 없어
머리로는 가야지하면서도
가슴으로는 가고 싶지 않구나

백년을 살았는데도
짧게만 느껴진 세월
너무 오래 살아
늘 외롭고 슬프다

인생길

얼어붙은 들판에 꽃이 필까
온 누리는 살얼음판이었고
나는 오직 생계를 위해
오십 리를 걷고 또 걸었다

돌아본 세상은 모두가 적이었고
살기 위한 침묵의 아우성이었다

암울했던 시절
보상이라도 되는 듯
수많은 꽃을 가꿨다
영원히 봄은 오지 않을 듯하더니
흘러간 계절 뒤
내 손 끝에선
한 송이 두 송이
꽃은 피어났다

향기 없는 고목의 시간은
저 산 너머 사라지고
그렇게
한 세월이 꽃으로 피어났다

하늘에 고백 한다

파란 가을 하늘을
내 둥지에 훔쳐 담았다
그리고 두리번두리번 돌아보았다

자랑 할 것도 없고
후회 할 것도 없는
텅 빈 헛간이었다

저 하늘 미리내 끝 가장자리
손발을 씻고
이제
나를 찾으러 간다

잉걸불 속의 모국어와 이미지 형상의 에피퍼니

김유조

자신의 삶에 대한 기록에의 염원은 인류사와 궤를 같이한다. 알타미라 동굴이나 울산의 반구대에서 보듯이 유사이전에도 인간은 자신의 삶을 구체적으로 또한 영원히 남기고자 분투노력하였다. 이윽고 역사시대에 들어서고 나서도 인류는 자신의 기록을 문자보다도 더 음유, 암송의 형태로 전승하며 세대의 간격을 이어왔다. 음유는 필경 산문적이기보다는 그 편의성에서 운문적일 수밖에 없는 사정이 된다.

하지만 운문이 꼭 음유의 편의에만 기인하였을까. 그렇지는 않았을 것이다. 음유의 운문 속에는 일상적 언어이지 않기 때문에 생기는 특별한 공간이 있고 그 공간은 수많은 시적 연상 작용을 배태한다. 그리고 이런 연상은 제의적(祭儀的)인 공간을 수반한다. 수많은 종교의

경전은 기본적으로 운문의 형식이고 샤만들의 주문과 주술도 운문형식이다. 이제 운문은 거꾸로 인간의 사유형태, 감성을 지배하고 향도하게 된다. 시의 공간은 여기에서 우뚝 선다.

박옥임 시인의 시집, 〈그렇게 살았다〉는 우선 제호에서 이 시인의 일생과 일상이 녹록하지 않게 담겨 있으리라 짐작이 된다. 한 인간이 생애의 만년 공간에서 나는 이렇게 살았노라고 시적 운율과 이미지의 형상화를 갖추어 천명하는 글 앞에 독자는 일단 긴장과 호기심의 끈을 놓을 수 없다. 그리고 이 시인이 자신의 생애를 어떻게 술회하고 있을 것인가, 시적 기술력과 그 채용된 어휘와 연상 작용의 연결고리는 어떠할 것인가, 시인과 독자의 관계는 심오하게 인연으로 얽히고 읽힌다. 물론 이때의 일대기가 꼭 파란만장이거나 거창할 필요는 없다. 사유와 의식의 흐름만으로도 충분하다.

박옥임 시인의 시집은 5부 구성의 틀로 형성되어있다. 생애를 기술하기에 가장 든든한 구조가 아닌가싶다. 고대 희랍의 대서사시 이래 셰익스피어의 희곡은 물론이고 현대의 장편소설문학에 이르기까지 5부구성은 서사를 엮는 가장 보편적인 구성이다. 각부의 제목도 시집의 제목 “그렇게 살았다”가 대들보라면 이를 뒷받침하는 서까래로서 손색이 없어 보인다. 제1부는 어미는 소(고향, 부모님에 대한 그리움), 제2부는 분꽃을 심었다(계절, 자연의 아름다움), 제3부는 묻어둔 아픔(역사, 여인들의 삶),

제4부는 시작도 끝도 없다(시와 사물에 대한 단상), 제5부는 그렇게 살았다(인생 이야기) 등으로 되어있어서 한 생애를 촘촘히 설명하고 받쳐주는 형식을 취하고 있다.

이제 시의 운율을 유의하면서 시집의 내부 공간으로 들어가 본다. 흔히 현대시는 운율에 구애받지 않고 대범해야하는 것으로 인식하는 경우가 많다. 그러나 시는 운율구조이다. 더러는 내재율 운운하면서 이를 무시하는 경향도 있으나 부질없는 언사이다. 그렇다면 우리말로 된 시적 운율은 어떤 준거규범을 갖고 있을까, 아무래도 전통시가에서 그 형식을 근거해야 하리라고 본다. 이것은 무조건 전통이니까 따라야 된다는 뜻이 아니다. 우리말이 갖고 있는 운율체계가 우리의 시가를 생성해냈을 것이기에 이에 호흡과 보조를 맞추는 것이 가장 자연스럽지 않겠는가.

물론 현대시를 과거 정격시조의 음수율에 맞추어야한다는 뜻은 전혀 아니다. 다만 우리말이 갖고 있는 특성상 서구시의 라임을 맞추는 형식이 아닌 음수율에 방점을 두고 우리말이 갖는 운율로 리듬을 만들어 노래하듯 낭송, 낭독하는 맛이라야 제 맛이 난다는 뜻이라고 하겠다.

박옥임 시인의 시에서는 바로 이 우리말 운율의 맛이 절묘하게 묻어 들어가서 독자들이 읽어내면서 저절로 몰입하게 만드는 묘미가 있다. 우선 첫 시부터 음수율의 보조를 맞추어 음미해본다.

“이 고샅길을/수없이 걷고/잔뼈가 자랐다//어릴 적에 뛰어놀던/고샅길인데/옛 모습 그대로인데//내 모습만/이렇게 익어버렸다//그대로인 네가 보기 좋아/난 슬프다”(골목의 추억). 매우 편하게 저절로 운율이 흐른다.

이어 “촌부”라는 시에서는 네 번째 행을 길게 하여 엇시조의 맛도 보여주고 있다.

은빛 찬란한 설란 꽃으로
달빛도 별빛도 가리운 밤
설경의 고요에 외려 놀라
구름마저 주눅 들어 발꿈치를 들고 걸어 보지만

- 촌부 中

정격시조에 맞추어진 음수율은 아니지만 읽는 사람은 막힘이 없이 호흡조절이 저절로 되는 가락을 느낄 것이다. 아마도 앞으로 낭송 시인들이 즐겨 택할 시가 아닐까싶다. 박 시인의 시에는 그래서 엇시조의 구조가 모름지기 배어있음을 보게 된다는 말이다.

한편 박 시인의 시에서는 통상 부드럽게 넘어가던 운율과 흐름이 종장에 와서 단호하게 의미의 단절성을 보여준다. 매정하게 더 이상의 설명을 부연하지 않고 나머지는 독자의 몫이자 여운으로 남긴다. 시인의 훌륭한 전략이다. “숲길”의 끝 단락을 본다. “현재와 미래를/분노

하는 숭어 떼는/수채화 속에서 울어댄다"라는 숲길의 풍경화에서 독자는 이제 나머지를 유추해 내야하는 과정에 빠지도록 시인은 훌쩍 던져둔다. "민들레"의 경우도 마찬가지이다. "알 수 없는/낯선 땅 어디론가/바람에 쫓겨 간 민들레/키 작은 아픈 무죄"

박옥임 시집의 백미는 무어니 무어니 해도 모국어에 대한 깊은 천착에 있다. 사실 시인은 언어의 조련사이자 마술사이면서 동시에 흐트러지고 사라지려는 모국어의 어휘를 새롭게 단련시키는 대장장이의 역할이 더해져야 할 당위성을 갖고 있다. 그렇다고 무턱 사라지는 언어와 어휘를 모두 회수하라는 것은 아니다. 적재적소에 가장 적절한 모국어를 새롭게 재발견해서 재조명하고 연마하고 쇄신하는 역할에 충실할 때 그 운문은 다시 숨결을 고르고 재생 부활하는 것이 아니겠는가. 또한 시인의 이러한 노력은 화살과 같이 덧없는 시간을 붙드는 노력이기에 더욱 소중한 것이리라.

박옥임 시인의 시에서 이제 그 사례를 든다면 한이 없을 지경이다. 그럼에도 불구하고 가급적 여기에서 구체적으로 적시하고자 하는 것은 이 재조명, 재발견 된 시어들이 새로운 생명을 찾아서 활개치고 그 역할을 앞으로도 지속적으로 다해나갔으면 하는 평자의 염원이 함께 담겨있기 때문이다. 이제 그 소중하고 아름다운 시어들을 음미해본다.

"잉걸불을 헤적여 고구마를 묻고"(세 자매), "소금꽃에 젖었던 어린 소녀를"(바닷가 모래밭), "두레 밥상에 둘러 앉아"(둥근 밥상), "도둑눈"(섣달 그믐날), "호도기"(갈대 서걱이는 소리), "윤슬"(바다건너 고향), "능개비 내린 뒤 /잠포록한 아침"(봄), "마파람, 하늬바람"(바람의 향기), "띠앗이 좋아 보인다"(시누대), "터앝에 분꽃은 시간을 가리킨다"(분꽃을 심었다), "산언덕 비알밭에"(망초꽃), "노년에는 잘 익은 하얀 미영으로"(목화 솜), "저 하늘 미리내 끝 가장자리"(하늘에 고백한다).

대략 눈에 뜨이는 대로 용례들을 들어보았지만 시집의 구석구석을 뒤지면 마치 숨어있는 보물처럼 여기저기에서 영롱한 모국어의 빛이 그 자태를 뽐낸다. 시인의 갈고 닦은 시심이 이렇게 꽃가마를 타고 우리의 마음에 출현할 줄이야. 앞으로도 이런 갈고닦은 어휘의 마력으로 이 시인은 독자의 흉금을 지속적으로 사로잡으리라 기대하고도 남는다. 뿐만 아니라 이러한 시어들이 그 자체로서만 빛이 나는 것이 아니라 앞뒤와 행간에서 모두 당위성을 갖고 시심을 붙드는 데에 또한 묘미가 있다. "라일락"의 본명이 "수수꽃다리"인줄을 시의 종장에서 밝히는 전략도 탁견이고 아래와 같은 수채화도 명화이다.

햇볕은 짠물과 하나 되어
윤슬을 만들고 있다

- 바다건너 고향 中

보석 같은 시인의 모국어는 시인의 에스프리를 시시각각 독자에게 인각시키는 데, 그 나타나는 효과는 마치 문학용어로 에피퍼니(epiphany) 즉, 현현(顯現)과 같아서 독자는 그 어휘에 닿자마자 가감이나 설명이나 부연 없이 시인의 마음에 순식간에 일체감을 느끼며 통찰력에 합일하게 된다.

가마솥에 들어앉은 보리쌀은
밥이 되겠다며 화산처럼 부글대고
잉걸불을 헤적여 고구마를 묻고
입가에 묻은 깜지랑 마주보고 웃던
소녀들은
아내로 엄마로 할머니로

- 세 자매 中

이 순간의 시심이 그려낸 그림은 잉걸불 되어 활활 타오르며 또 그 남은 화력은 언제 꺼질는지 모르는 경지이다.

박옥임 시인의 페르소나는 무엇일까. 스스로 "촌부"라고 자처하며 때로 인형도둑에서처럼 할아버지에게 매를 맞을 때는 도둑이라고 억울하게 자복도하지만 마침내는 엄마와 함께 우는 소녀이다. 오래 삭은 된장의 맛을 담은 "뚝배기"로도 자신을 곰 삭일 줄 알고 물 각시 시샘에 사라지는 "모래위의 집"일 수도 있다. "어미는 소"에서 보는 "해산한지 하루 만에 밭 갈러 나간 소"이기도 했다. 시인의 남편도 또한 "매 맞는 갯바위"일 뿐이다. 시인의 사랑도 짝사랑의 "상사화"인듯하다.

그러나 시인의 에고(ego), 자아는 어떠했을까. "이제부터 시작이다"에서 보는 "칠십 나이테"가 든 지금뿐만 아니라 사실은 평생을 살아오면서 시시각각 시인의 자아는 마그마처럼 가슴 속에서 끓고 또한 용암이 되어 시심을 달구고 원고지 위로 줄줄 흘러나왔을 것이다. "가두리"에서 탈출을 꿈꾸는 모습이 그러하고 키 작은 죄의 민들레가 먼 비행을 꿈꾸며 자궁 속 꽃잎인 목련도 세상깐을 볼 줄은 이미 아는 것이다. 그럼에도 불구하고 세상을 포용할 줄 아는 시인의 페르소나는 그 시심을 항상 겸손하게 낮은 자세로 배출할 따름이었다.

시집 속에서 시에 관한 첫 언급인 "시 나들이에서" 시인은 겸손과 반성과 명찰을 여실히 보여준다. 그러나 시와 사물을 노래한다는 부제가 붙은 제4부가 되면 시인의 자아는 마침내 페르소나의 탈을 벗고 시에 관한 자기 나름의 강렬한 주장을 펴내고 있다. 이는 세상에 대한 무슨 항변이라기보다는 자신에 대한 자아의 다짐이자 아울러 세상에 대한 약속의 자세이기도 하다.

시인은 이제 오래 붙잡고 싶었던 시인의 길에 들어서면서 "시작도 끝도 없다"고 마음속에 간직한 오랜 염원을 아쉬움 없이 토로해낸다.

길라잡이 바람 손잡고
나는
시와 말 걸어 보려고
시가 있는 곳 묻고 물어
찾아왔다

시인님
입으로 피는 꽃
그 꽃 속에 묻힌 노래 찾아
급한 마음으로 달려 왔다

언제쯤
그 꽃에 노래를
부를 수 있을는지
시작도 끝도 보이지 않는다

- 시작도 끝도 없다 中

급한 마음으로 달려왔더니 시작도 끝도 보이지 않는다는 시인의 말은 탄식이라기보다 결의라고 할 수 있겠고 겸양의 자세를 나타내기도 한다.

새집에 들어앉아 "한옥 짓는 목수"도 시를 짓는 마음이라고 시인은 자신과 목수를 도플갱어 한다. 그리고 어느 경지에서는 드디어 자신의 시적 정의를 자신 있게 뿜어낸다. "시는 마음을 울린다/시는 마음의 노래이다/

시는 마음의 평화를 준다/시는 사람의 인격이다/시는 언어의 꽃이다/시인은 이 꽃향기를 먹고산다"(시는 노래이다). 이만한 개념 정립이라면 앞으로도 시인의 길을 가로막을 방해물은 없을 것이리라고 독자는 함께 환호한다.

물론 시적 정진이라고 어찌 좌절이 없으랴, 어쩌면 그런 좌절이야말로 시인을 더욱 숙성하게 할 것이다. 이 시인도 그런 순간을 토로한다. "거침없는 물줄기라고 자부했더니/저 멀리 바다 소리만 들리는 강 하구에서/커다란 댐에 막혀 버렸다//꼼짝없이 갇혀/시나브로 말라갔다"

그러나 거기에서 중단할 시인이 아니다. "가도 가도/보일 듯 말듯 한 바다/꿈을 향해 계속 달리고 달린다//시인의 꿈을 향해/지금도 달리고 달린다"(시 바다로). 당연히 오직 정진만이 남아있을 뿐이다.

박옥임 시인의 시적 에스프리는 이미지의 형상화 즉, 언어화에서도 영롱하다. "간지럼"에서 "피부 얇은 배롱나무"라는 절묘한 묘사라든지 "계절은 봄인데"에서 "지난밤/수많은 별들이 떨어져/연무로 소복하고/밤새 숲은 울어댔다", 그리고 "능개비 참포록한 아침"(봄), 눈썹달/구름으로/눈을 가린다"(팔월 초승달), "앞산 푸른 잎에/구르는 이슬 소리"(새날) 등은 절창이다.

이외에도 시인은 "칠월/치자"(치자꽃)와 같은 두음 법칙도 실험해 보는가 하면 시적 대상물을 자신과 일치시

키는, 다시 말하여서 주체와 객체를 도플갱어로 일체화하여서 일종의 씻김 굿 같은 효과도 많이 거두고 있는데 이 또한 앞으로도 더욱 정진할 시적 전략이 아닌가 싶다.

해제의 결구를 시집 속 시어의 결구에 맞물려본다. 시인은 시집의 마지막에서 "저 하늘 미리내 끝 가장자리/손발을 씻고/이제/나를 찾으러 간다"(하늘에 고백한다)라고 말한다. 이어 결국 이제껏 인생에서 자랑도 후회도 없이 헛간만 일구었다고 허심탄회와 겸손을 내비치지만 독자의 입장에서 보면 앞으로도 가이없이 시인의 길을 가겠다는 단호한 결의로 보여서 모습이 숭고할 뿐이다.

***

김유조

시인, 평론가, 건국대 명예교수·부총장 역임, 국제펜 국제교류위원장, 한국현대시인협회 국제문화위원장, 한국현대작가연대 부이사장, 서초문협 명예회장, 여행문화 주간

박옥임 시집
그렇게 살았다

초판 발행 _ 2019년 4월 27일
지은이 _ 박옥임
펴낸이 _ 안혜숙
편집 디자인 _ 임정호

펴낸곳 _ 문학의식
등록 _ 2018년 6월 7일
등록번호 _ 785-03-01116
주소 _ 인천시 강화군 불은면 불은남로 341
전화 _ 02.582.3696
이메일 _ hwaseo582@hanmail.net

값 10,000 원